Ingo Siegner

Der kleine Drache Kokosnuss
und der Zauberschüler

Ingo Siegner

Der kleine Drache Kokosnuss
und der Zauberschüler

cbj

 Dieses Buch ist auch als E-Book erhältlich.

Verlagsgruppe Random House FSC® N001967

6. Auflage
© 2018 cbj Kinder- und Jugendbuchverlag
in der Verlagsgruppe Random House,
Neumarkter Straße 28, 81673 München
Alle Rechte vorbehalten
Umschlagbild und Innenillustrationen: Ingo Siegner
Lektorat: Hjördis Fremgen
Umschlagkonzeption: basic-book-design, Karl Müller-Bussdorf
hf · Herstellung: AJ
Satz und Reproduktion: Lorenz & Zeller, Inning a. A.
Druck: Grafisches Centrum Cuno GmbH & Co. KG, Calbe
ISBN 978-3-570-17569-9
Printed in Germany

www.cbj-verlag.de
www.drache-kokosnuss.de
www.youtube.com/drachekokosnuss

Inhalt

In den Sieben Sümpfen

Nahe am Meer, wo der Fluss Mo sich teilt, liegen die Sieben Sümpfe der Dracheninsel. Dichte Nebelschwaden ziehen dort über feuchte Gräser. Krumme Bäume mit knorrigen Ästen ragen wie hagere Gestalten aus dem Dunst. Auf einem Pfad, der mitten durch die Sümpfe führt, marschieren drei Freunde. Es sind der kleine Drache Kokosnuss, das Stachelschwein Matilda und der Fressdrache Oskar.

»Brrr, ist das gruselig hier«, sagt Matilda. »Und hier hast du heute Morgen ein Schwein gesehen?«

»Ja, auf dem Rückweg vom Kräutersammeln«, sagt Kokosnuss. »Als ich die Sümpfe überflogen habe. Es war ein rosa Hausschwein.«

»Hihi«, kichert Oskar. »Ein Sumpfschwein.«

»Auf der Dracheninsel gibt es doch gar keine Hausschweine«, sagt Matilda. »Wo das wohl herkommt?«

»Das werden wir herausfinden!«, sagt Kokosnuss.
Matilda blickt in den Himmel. »Bald wird es
dunkel. Dann möchte ich aber nicht mehr in den
Sümpfen sein. Das ist mir zu gefährlich.«
»Glaubst du etwa an den Spitzmauldrachen?«,
fragt Kokosnuss.
»Du nicht?«
»Das ist doch nur eine Geschichte.«
»Hier soll aber einer gesehen worden sein. Vor
Kurzem!«
»Und wenn schon«, sagt Kokosnuss, »bis die
Nacht hereinbricht, sind wir am Lagerplatz.«
»Hauptsache«, sagt Oskar und hält den Picknick-
korb in die Höhe, »wir vergessen nicht das
Abendbrot!«
Plötzlich bleibt Matilda stehen. »Es hat geraschelt«,
sagt sie leise.
Die drei verharren mucksmäuschenstill.
»Ich höre nichts«, flüstert Kokosnuss.
»Es hat aber geraschelt«, sagt Matilda.
»Vielleicht ist es der Spitzmaul«, sagt Oskar.
Kokosnuss und Matilda zucken zusammen und

blicken sich um. Der Spitzmauldrache aber ist
nirgends zu sehen. So setzen sie ihren Weg fort,
bis der Pfad plötzlich endet.

»Vorsicht, hier wird es sumpfig«, sagt Matilda.
Eine Weile stapfen sie durch sumpfiges Gelände,
bis Kokosnuss anhält. »Dort hinten auf der
Brücke steht jemand!«

Matilda und Oskar kneifen die Augen zusammen.
Auf der nahen Brücke erkennen sie die Umrisse
einer Gestalt.

In diesem Moment flüstert Oskar:
»Leute, ich sinke ein.«

»Nicht bewegen!«, sagt Kokosnuss. »Sonst sinkst du noch tiefer.«

»Ich bewege mich überhaupt nicht«, sagt Oskar. »Ich sinke trotzdem. Du übrigens auch, Kokosnuss.«

»Huch«, sagt Kokosnuss. Sogleich flattert er mit den Flügeln, doch – oh weh! – der Sumpf hat ihn schon fest gepackt!

»Ich sinke auch!«, ruft Matilda verzweifelt. »Kokosnuss, du hast bestimmt eine gute Idee, oder?«

»Äh...ich überlege noch.«

»Könntest du ein bisschen schneller überlegen?«, fragt Oskar.

»Ehm, ja, also...«, stammelt Kokosnuss. »Jetzt habe ich eine Idee.«

»Und die wäre?«, fragen Matilda und Oskar gleichzeitig.

Kokosnuss ruft, so laut er kann: »Zu Hilfe! Zu Hilfe!«

»Hilfe! Hilfe!«, rufen nun auch Matilda und Oskar.

Die Gestalt von der Brücke kommt auf sie zu.
Vor Angst verstummen die Freunde, bis sie sehen,
dass es kein Spitzmauldrache ist, sondern ein
Junge – ein ganz normaler Junge mit einem
Rucksack auf dem Rücken. Merkwürdig ist nur,
dass er einen spitzen Hut auf dem Kopf trägt
und ... dass er nicht in den Sumpf einsinkt.

Friederich Fidibus

Der Junge steht nur ein paar Schritte entfernt und blickt neugierig auf die einsinkenden Freunde.

»W-würdest du uns hier heraushelfen?«, fragt Kokosnuss, dem der Sumpf nun fast bis zum Hals reicht.

»Das wäre sehr freundlich«, sagt Matilda, der der Sumpf auch fast bis zum Hals reicht.

»Uns steht der Sumpf nämlich fast bis zum Hals«, sagt Oskar.

»Wer seid ihr denn?«, fragt der Junge.

»Das sind Matilda und Oskar, ich bin Kokosnuss. Und wer bist du?«

»Mein Name ist Friederich Fidibus. Ich bin Zauberschüler und auf der Suche nach einem verschwundenen Zauberer.«

»Und warum suchst du hier in den Sümpfen?«, fragt Matilda.

»Unsere Glaskugel zeigte die Sieben Sümpfe der Dracheninsel. Der Zauberer muss also hier irgendwo sein. Ihr habt ihn nicht zufällig gesehen?«

»Äh, nein«, sagt Kokosnuss und ächzt, denn der Sumpf reicht ihm schon bis zum Kinn. »W-wir suchen auch jemanden, nämlich ein Schwein.

H-hast du es vielleicht gesehen?«

»Nicht die Bohne«, sagt der Zauberschüler Friederich.

»Wenn du uns aus dem Sumpf hilfst«, sagt Kokosnuss, »dann könnten wir gemeinsam suchen.«

»Acht Augen sehen mehr als zwei«, sagt Matilda.

»Einmal zwei sind zwei, und viermal zwei sind acht«, sagt Oskar.

Der Zauberschüler betrachtet die drei Freunde, überlegt einen Augenblick, holt einen Zauberstab aus dem Rucksack und spricht:

»Sumpf, du gierig Erdenschlund,
höre meine Zauberkund:
Matschepampe, Sausebraus,
spucke deine Beute aus!«

Ein Blitz zischt aus der Spitze des Stabes, und wie von einer unsichtbaren Hand werden Kokosnuss, Matilda und Oskar aus dem Sumpf gezogen.

»Tolle Sache!«, sagt Kokosnuss.

»Den Zauberspruch merke ich mir«, sagt Oskar.

»Der Zauberspruch allein genügt nicht«, sagt
Friederich. »Du brauchst auch einen Zauberstab
und Zauberkräfte!«

»Und woher kennst du die Sprüche?«, fragt
Matilda.

Der Zauberschüler holt ein großes Buch aus
seinem Rucksack – das Buch der Zaubersprüche.

»Leider muss ich alle Sprüche auswendig
lernen«, sagt Friederich. »Und ständig gibt es
Prüfungen. Wenn ich eine Prüfung bestanden
habe, dann verschwinden die alten Seiten aus
dem Buch und neue Seiten kommen hinzu.«

»Dann lernst du ja immer und ewig«, sagt
Kokosnuss.

»Jöh«, sagt Friederich. »Bei uns heißt es: Man
lernt nie aus.«

»Und warum musst du den Zauberer suchen?«, fragt Matilda.

»Ich soll ihm einen Brief des Magischen Rates übergeben.«

»Was ist denn der Magische Rat?«, fragt Kokosnuss.

»Er besteht aus den ältesten und weisesten Magierinnen und Magiern«, erklärt Friederich. »Jeder Zauberer muss alle 77 Jahre vor den Rat treten und eine Prüfung ablegen.«

In diesem Moment raschelt es wieder, ganz in ihrer Nähe. Matilda und Kokosnuss wechseln ängstliche Blicke.

»Was gibt's?«, fragt Friederich.

»Och, nichts weiter«, sagt Kokosnuss. »Es wäre besser, wenn wir die Nacht nicht in den Sümpfen verbringen würden.«

»In den Sümpfen«, sagt Oskar, »lebt nämlich ein Spitzmauldrache!«

»Das ist aber nur eine Geschichte«, sagt Kokosnuss.

»Ist der gefährlich?«, fragt Friederich.

»Aber Hallo!«, sagt Oskar. »Vor dem zittert jeder, außer natürlich ein Fressdrache, also ich.«

»Jenseits der Sümpfe«, sagt Kokosnuss, »ist es nicht mehr weit bis zu einem Wäldchen. Dort gibt es einen guten Lagerplatz.«

»Und zu essen gibt es auch!«, sagt Oskar und zeigt auf den Picknickkorb.

»Und morgen, bei Tagesanbruch«, sagt Kokosnuss, »kehren wir in die Sümpfe zurück und suchen nach einem Schwein und einem Zauberer!«

Da muss Friederich nicht lange überlegen und schließt sich den drei Freunden an.

Tomaten auf den Ohren

Bei Einbruch der Dämmerung erreichen die Freunde das Wäldchen jenseits der Sümpfe. Sie entzünden ein Feuer und richten ein Nachtlager her. Friederich liest in seinem Buch, flüstert dabei vor sich hin und bewegt den Zauberstab in der Luft.

»Was machst du da?«, fragt Matilda.

»Ich übe für eine Prüfung«, sagt Friederich. »Obst und Gemüse.«

»Wie?«, fragt Kokosnuss.

»Obst und Gemüse. Das ist eine schwierige Prüfung, weil es so viele Obst- und Gemüse-sorten gibt. Die muss ich für die Prüfung alle aufzählen, und die Zaubersprüche dazu auch.«

»Und was zaubert man da so?«, fragt Oskar.

»Hm, zum Beispiel Tomatenohren.«

»Wirklich?«, fragt Matilda. »Mach mal!«

»Jöh, also...dann stell dich mal auf den kleinen Felsen dort!«

Matilda klettert auf den
Felsen, Friederich schwingt
den Zauberstab und liest aus
dem Buch:

»*Tatütata Tomaten,*
die frischen aus dem Garten,
landen nicht im Suppentopf,
fliegen an Matildas Kopf,
werden dort zu Ohren,
als wär'n sie angeboren!«

Schwups – hat Matilda zwei
Tomaten statt zwei Ohren.
»Wow!«, ruft Oskar.
»Ich höre bloß nicht mehr
so gut«, sagt Matilda.
»Logisch«, sagt Kokosnuss.
»Tomaten sind ja auch
keine Ohren.«

»Könnte ich wieder meine Ohren bekommen?«, fragt Matilda.

Friederich blättert in dem Zauberbuch. »Die Tomaten verschwinden automatisch nach zehn Stunden.«

»Aber du kannst sie ja bestimmt vorher wegzaubern«, sagt Matilda.

»Äh, nee, das geht nicht«, sagt Friederich. »Das war ein Zehn-Stunden-Zauber. Der hält zehn Stunden. Deshalb heißt der so.«

»Zehn Stunden!?«, ruft Matilda fassungslos. »A-aber … das dauert die ganze Nacht! Wie soll ich denn mit den Tomaten schlafen? So kann ich gar nicht auf der Seite liegen! Ich schlafe immer auf der Seite!«

»Da hat Matilda recht«, sagt Kokosnuss. »Wenn sie auf der Seite liegt, hat sie Matschtomaten-Ohren.«

»Das sieht bestimmt blöd aus«, sagt Oskar.

»Sehr lustig!«, sagt Matilda wütend.

»T-tut mir leid«, sagt Friederich, dem die Sache etwas peinlich ist. »Kommt nicht wieder vor.«

Nach dem Essen suchen sich alle
einen bequemen Schlafplatz. Matilda
hat ihre Stacheln flach angelegt und
liegt auf dem Rücken. Oskar ist wie
immer am schnellsten eingeschlafen.
Friederich geht in Gedanken einige
Zaubersprüche durch.
Auch Kokosnuss ist noch eine Weile
wach. Ob sie morgen das Schwein
und den Zauberer finden werden?
Bevor der kleine Drache einschläft,
stutzt er. Riecht es etwa nach Schwein?
Merkwürdig... Dann fallen ihm vor
Müdigkeit die Augen zu.

Ein Dieb in der Nacht

»Mein Rucksack ist verschwunden!«, ruft
Friederich verzweifelt.

Die ersten Strahlen der Morgensonne funkeln
durch das Wäldchen, als Kokosnuss und Oskar
von Friederichs Ruf geweckt werden.

»Jemand hat ihn gestohlen! Da war alles drin!
Zauberbuch, Flugteppich, Zauberstab, Ersatzzauberstab, Käsebrote!«

»Käsebrote!?«, ruft Oskar empört. »So eine
Unverschämtheit! Wer Käsebrote stiehlt, ist ein
lausiger Lump!«

»Hier sind Spuren!«, sagt Kokosnuss.

»Das sind Schweinespuren«, sagt Matilda, die
inzwischen auch aufgewacht ist, obwohl sie
immer noch Tomatenohren hat.

»Das ist bestimmt das Schwein aus den Sümpfen!«,
sagt Kokosnuss und erinnert sich an den Geruch
von gestern Abend. Plötzlich kommt ihm ein
Gedanke...

»Friederich«, sagt der kleine Drache, »wie heißt
denn der Zauberer, den du finden sollst?«
»Ziegenbart, wieso?«
Matilda traut ihren Tomaten nicht: »Ziegenbart?!«
»Jetzt verstehe ich!«, sagt Kokosnuss. »Dann ist
das gar kein normales Schwein in den Sümpfen,
sondern der Zauberer Ziegenbart!«
Matilda klatscht sich mit der Pfote an die Stirn
und ruft: »Stimmt, der Zauberer Holunder hat
Ziegenbart doch in ein Schwein verwandelt!«[1]
»Wie?«, fragt Friederich.
»Bahnhof, Bahnhof!«, ruft Oskar, der nur Bahn-
hof versteht.

[1] Das wird in dem Buch »Der kleine Drache Kokosnuss und der große
Zauberer« erzählt.

Da erzählen Kokosnuss und Matilda von ihrem
Abenteuer im kleinen Land des großen Zauberers
Holunder: wie der böse Zauberer Ziegenbart den
guten Holunder ausgetrickst hat und wie sie Ho-
lunder geholfen haben, Ziegenbart zu besiegen.
»Da war ich ja gar nicht dabei!«, protestiert Oskar.
»Zu der Zeit kannten wir uns noch nicht so gut«,
sagt Kokosnuss.
»Ich wusste gar nicht«, sagt Friederich, »dass
Ziegenbart ein böser Zauberer ist. Das hätte mir
ja mal einer sagen können!«

»Wenn der Dieb wirklich Ziegenbart ist«, sagt Kokosnuss, »wie kommt er dann in die Sieben Sümpfe und was sucht er dort?«

Matilda überlegt: »Als Schwein ist Ziegenbart doch gar kein Zauberer mehr. Kann er mit deinem Zauberstab und dem Buch überhaupt etwas anfangen?«

»Hm, im Zauberbuch gibt es ein Kapitel, das Rückverwandlung heißt«, sagt Friederich. »Aber damit kenne ich mich nicht aus.«

»Kommt!«, sagt Kokosnuss. »Wir folgen den Spuren. Vielleicht können wir Ziegenbart aufhalten. Wenn es ihm gelingt, seine ursprüngliche Gestalt anzunehmen – wer weiß, was er dann alles anstellt!«

Die Spuren führen über die Klippen am Meer entlang in Richtung der Sümpfe.

»Stopp!«, sagt Kokosnuss, als sie auf eine Abzweigung stoßen. »Hört ihr das? Da ist jemand am Strand!«

»Ich höre nichts«, sagt Matilda.

»Du hast ja auch Tomaten auf den Ohren«, sagt Oskar.

In diesem Moment macht es Plopp! – und die Tomaten sind verschwunden.

»Meine Ohren sind wieder da!«, ruft Matilda freudig, doch im selben Moment hält sie sich die Ohren zu, denn vom Strand tönt ein lauter Knall zu ihnen herauf.

Der Zauberer Ziegenbart

»Zu spät!«, flüstert Kokosnuss, nachdem sie zum Strand hinabgelaufen sind und sich hinter einem Felsen versteckt haben.

Unterhalb des Felsens steigt Rauch auf: Nur 50 Schritte entfernt steht Ziegenbart! Kokosnuss und Matilda fährt ein Schreck in die Glieder: Der böse Zauberer sieht genauso aus wie damals, bevor er in ein Schwein verwandelt wurde: von dürrer Gestalt, gehüllt in einen schwarzen Mantel, mit einem breitkrempigen, spitzen Hut auf dem Kopf, langen schwarzen Haaren und einem Ziegenbärtchen am Kinn.

»Ein richtiger Zauberer!«, flüstert Oskar.

Ziegenbart steht auf Friederichs Flugteppich. Der Zauberer schwingt den gestohlenen Stab und spricht:

»Teppich, Teppich, hör gut zu,
trägst mich durch die Luft gleich, du!«

Der Teppich rührt sich nicht vom Fleck. Wütend schwingt Ziegenbart den Zauberstab erneut und wiederholt seine Worte. Doch der Teppich regt sich nicht.

»Da kann er lange warten«, flüstert Friederich. »Mein Flugteppich ist das neueste Modell mit Wegflugsperre. Um den zum Fliegen zu bringen, braucht er mein Geheimwort. Das findet er nie heraus.«

Der Zauberschüler zieht einen Brief aus seiner Hosentasche und sagt: »Ich hole mir jetzt meine Sachen zurück, übergebe Ziegenbart den Brief und fliege wieder nach Hause.«

Er atmet tief durch und will gerade zu Ziegenbart hinuntergehen, als Matilda sagt: »Was ist, wenn Ziegenbart dich verzaubert?«

»Zum Beispiel in eine Birne!«, sagt Oskar.

»Wir begleiten dich!«, sagt Kokosnuss.

»Besser, ihr bleibt im Versteck«, sagt Friederich. »Ich bin ein Zauberschüler. Mir wird er schon nichts tun!«

Ziegenbart blickt überrascht auf, als Friederich
vor ihm steht.

»Was willst du?«, fragt der Zauberer unwirsch.

»Ehm, das sind meine Sachen«, sagt Friederich.

»Hähä, und jetzt gehören sie mir.«

Friederich schluckt. Dann hält er den Brief in die
Höhe und sagt:

»M-mein Name ist Friederich Fidibus, i-ich bin
Zauberschüler im vierten Magiemester. Ich soll
dir diesen Brief übergeben. Er ist vom Magischen
Rat. Ich glaube, du sollst eine Prüfung ablegen.«
»Ich muss keine Prüfung mehr ablegen. Ich weiß
schon alles, du Bubi! Und dass du mit diesem
kleinen frechen Drachen und diesem Stachelschwein herumziehst, weiß ich auch. Die haben
mich damals ganz schön geärgert! Die dachten,
ich bleibe ewig in ein Schwein verwandelt.
Falsch gedacht! Ich habe den blöden Holunder
so lange bequatscht, bis er mich aus seinem Land
geworfen hat. Der dachte, dass ich ohne Zauberstab nichts anrichten kann. Hähä, wieder falsch
gedacht! Wenn der wüsste, was ich in den
Sümpfen...na, das geht dich nichts an. Du ver-
rätst mir jetzt, wie ich diesen Teppich zum
Fliegen kriege, sonst verwandle ich dich in eine
Birne!«
Friederichs Knie beginnen zu schlottern. Was,
wenn Ziegenbart ihn wirklich in eine Birne verwandelt? Das wird er sich nicht trauen! So fasst

Friederich sich ein Herz, verschränkt seine Arme vor der Brust und sagt: »Von mir erfährst du nichts.« Da ruft Ziegenbart zornig: »Ich brauche deinen blöden Teppich gar nicht!« Er schwingt den Zauberstab und spricht:

»Dicker Bauch und dünne Stirne,
fortan bist du eine Birne!«

Ein Blitz zischt aus dem Stab, und Friederich wird augenblicklich in eine Birne verwandelt. »Tatsächlich«, flüstert Matilda. »Eine Birne.« Ungläubig wirft das Stachelschwein ihrem Freund Oskar einen Blick zu.

Dieser zuckt mit den Achseln und flüstert: »Hab ich doch gesagt!«

Wütend breitet Kokosnuss seine Flügel aus und will hinabfliegen, doch Matilda hält ihn zurück: »Kokosnuss, gegen Ziegenbart kannst du nichts ausrichten!«

Matilda hat recht: Was kann ein kleiner Feuerdrache schon gegen einen gefährlichen Zauberer tun?

Da sehen die Freunde, wie Ziegenbart mit schnellen Schritten den Pfad hinaufsteigt. Die drei ducken sich hinter dem Felsen. Der Zauberer aber beachtet sie gar nicht.

»Wo will er denn hin?«, flüstert Matilda.

»Der Weg führt zu den Sümpfen«, murmelt Kokosnuss. »Merkwürdig. Was will er dort nur?«

Eine Birne am Strand

Die Birne sieht aus wie eine ganz normale
Birne, nur dass auf ihrem Stiel ein kleiner Zau-
berhut sitzt.

»Armer Friederich«, sagt Matilda.

»Ob er wie eine ganz normale Birne schmeckt?«,
fragt Oskar.

»Oskar!«, sagt Matilda. »Wie kannst du jetzt ans
Essen denken!«

Kokosnuss öffnet den Rucksack und holt das
Buch hervor. »Vielleicht gelingt es uns, Friederich
zurückzuverwandeln.«

»Ohne Zauberstab?«, fragt Matilda. »Den hat
Ziegenbart doch mitgenommen!«
Kokosnuss grinst und zieht einen Holzstab aus
dem Rucksack.

»Stimmt ja!«, sagt Matilda. »Der Ersatzzauberstab!«

»Cool!«, sagt Oskar.

Kokosnuss blättert im Buch und murmelt:
»Friederich hat doch etwas von Rückverwand-
lungen erzählt. Ah, hier ist es, ganz hinten:
Stornierung (Rückverwandlungs-Zauber). Da steht
Anwendung der Hinspruch-Rückspruch-Technik.
Aha, wir müssen Ziegenbarts Spruch rückwärts
aufsagen! Wie war der Spruch noch mal?«

Matilda nimmt Zettel und Stift und notiert:
»Dicker Bauch und dünne Stirne, fortan bist du
eine Birne!«

Kokosnuss schwingt den Zauberstab und liest:

»Birne eine du bist fortan,
Stirne dünne und Bauch dicker!«

Nichts geschieht. Die Birne ist immer noch eine
Birne.

»Dir fehlen die Zauberkräfte!«, sagt Matilda.

»Darf ich mal?«, fragt Oskar.

Der Fressdrachenjunge schwingt den Zauberstab
und spricht:

»Birne eine du bist fortan,
Stirne dünne und Bauch dicker!«

Ein Blitz zischt aus dem Stab, es gibt einen Knall,
Rauch steigt auf, und vor ihnen steht Friederich –
gesund und munter!
Alle starren Oskar beeindruckt an.

»Du hast ja Zauberkräfte!«, sagt Kokosnuss.

»Gibt es Zauberer in deiner Familie?«, fragt Friederich.

»Öh, soweit ich weiß, nicht. Aber mein Papa kann gut pupsen. Meine Mama regt sich immer auf, aber mein Papa sagt, das sind Zauberpüpse.«

»Oskar«, sagt Matilda, »du bist ein merkwürdiger Typ. Aber toll merkwürdig!«

»Ihr habt mir aus der Patsche geholfen, vielen Dank, ihr seid echte Freunde!«, sagt Friederich, nimmt seinen Rucksack und betritt den Flugteppich. »Jetzt muss ich Ziegenbart finden und ihm den Brief übergeben, sonst kriege ich Ärger mit dem Magischen Rat.«

»Ich begleite dich«, sagt Kokosnuss. »Wer weiß, was Ziegenbart im Schilde führt. Besser zu zweit als allein!«

Matilda und Oskar nicken einander zu und sagen: »Und besser zu viert als zu zweit!«

»Friederich«, sagt Matilda, »nimmst du uns auf deinem Teppich mit?«

Friederich strahlt und sagt: »Es ist genug Platz!«

40

Kokosnuss breitet seine Flügel aus und ist schon
in der Luft.
Friederich murmelt leise sein Teppich-Geheim-
wort:

»Runkelrübe, Suppengrün,
Apfelmus und Mandarin!«

Der Spitzmauldrache

Die Freunde fliegen dicht über dem Boden, um Ziegenbarts Spuren in die Sümpfe zu verfolgen. Lautlos schweben sie über Gräser und Büsche hinweg und zwischen den niedrigen Bäumen und Nebelbänken hindurch, bis sie mitten in den Sümpfen auf eine Lichtung stoßen, an deren Ende sie Ziegenbart erkennen. Sie verstecken sich hinter einem Baum und beobachten den Zauberer.

Ziegenbart versucht, einen Felsen beiseitezuschieben. Er ächzt und stöhnt, denn der Felsen bewegt sich nur langsam von der Stelle. Plötzlich tritt hinter Ziegenbart ein großer Schatten aus dem Nebel.
»Seht mal!«, flüstert Friederich. »Was ist das?«
»Der Spitzmauldrache!«, raunt Matilda.
»Ach du dickes Ei!«, flüstert Kokosnuss.
»Wow!«, staunt Oskar.

Der Drache überragt den Zauberer um mehrere
Köpfe. Aus seinem spitzen Maul ragen furchterre-
gende Reißzähne. Seine mächtigen Arme enden
in langen, spitzen Klauen. Aus dem Rücken
wachsen zwei große Flügel.
»Der kann fliegen«, flüstert Kokosnuss.

Als Ziegenbart den Drachen bemerkt, weicht er
erschrocken zurück, zieht Friederichs Zauberstab
hervor und ruft: »Du machst mir keine Angst! Ich
bin ein mächtiger Zauberer und werde dich
gleich in eine Birne verwandeln!«
Der Spitzmauldrache verzieht sein Maul: »Brrr,
bitte kein Obst! Davon bekomme ich Bauch-
weh.«
»Nun, dann«, sagt Ziegenbart, »verwandele ich
dich in eine Maus. Was hältst du davon?«
»Höhö«, grinst der Spitzmaul. »Jetzt habe ich
aber Angst!«
»Das Grinsen wird dir gleich vergehen, du
Sumpfungeheuer!«, sagt Ziegenbart und hebt
drohend den Zauberstab.

»Ob Kuh, ob Stier,
ob Floh, ob Laus,
aus Ungetüm wird Nagetier,
der Drache ist von nun ab Maus!«

Blitzende Sterne zischen aus dem Stab, doch der Drache wehrt sie mit einer lässigen Klauenbewegung ab. Ziegenbart versucht es erneut, doch wieder bleiben die Zaubersterne wirkungslos.

»Blöder Schülerstab«, brummt Ziegenbart und wirft Friederichs Zauberstab wütend in den Sumpf.

»Was hast du gesagt?«, fragt der Spitzmauldrache.

»Och, äh, nichts…«, antwortet Ziegenbart und schielt zu dem Felsen hinüber. »Ehm, hilfst du mir, diesen Felsen beiseitezuschieben?«

»Nö.«

»Unter dem Felsen liegt ein…ein Schatz, ein Riesenschatz, mit Gold, Silber und Juwelen!«

»Interessiert mich nicht«, brummt der Drache.

»W-was interessiert dich denn?«

»Ochsenbraten, zum Beispiel.«

»Stell dir vor«, sagt Ziegenbart schnell, »unter dem Felsen liegt auch ein Ochsenbraten!«

»Unter dem Felsen?«

»Genau«, sagt Ziegenbart.

»Zeig mal!«, sagt der Drache.

Und als der Spitzmaul keine Anstalten macht, beim Felsenschieben zu helfen, flucht Ziegenbart leise und drückt und zerrt an dem schweren

Gestein, bis darunter eine Spalte zum Vorschein
kommt. Blitzschnell zieht der Zauberer einen
Stab aus der Spalte.

»Das hast du wohl nicht erwartet, hähä«, lacht er
hämisch. »Ein Zauberstab, und zwar ein richtiger,
hähä!«

Im Versteck flüstert Kokosnuss: »Das habe ich mir gedacht – Ziegenbart hat ein geheimes Versteck in den Sümpfen! Jetzt wissen wir, was er hier gesucht hat.«

Ziegenbart schwingt den Stab und spricht:

»Ob Kuh, ob Stier,
ob Floh, ob Laus,
aus Ungetüm wird Nagetier,
der Drache ist von nun ab Maus!«

Aber der Zauber wirkt wieder nicht! Ohne mit der Wimper zu zucken, wehrt der Spitzmauldrache die Zaubersterne abermals ab.
In seinem Versteck flüstert Friederich: »Der Drache ist zauberfest! So jemanden habe ich noch nie gesehen!«
Da meldet sich Oskar: »Gleich frisst der Spitzmaul den Ziegenbart. Mein Papa kriegt auch immer so einen Blick, bevor er einen Ochsen frisst.«
»Das geht aber nicht!«, sagt Friederich. »In der Not müssen Zauberer zusammenhalten. Eine Birne ist eine Birne, aber ein Zauberer, der gefressen wird, ist hinterher nicht einmal mehr ein Birnenstiel!«

»Das stimmt«, sagt Oskar. »Obwohl ... wenn der
Spitzmaul später auf Toilette geht, dann ...«
»Das wollen wir nicht so genau wissen«, sagt
Matilda.
Friederich will sich gerade aufmachen, als
Kokosnuss sagt: »Was willst du denn gegen den
Spitzmaul unternehmen?«
Da lässt der Zauberschüler die Schultern hängen
und antwortet verzweifelt: »Keine Ahnung!«
Kokosnuss blickt hinüber zu Friederichs
Zauberstab, der nur wenige Schritte
entfernt im Sumpf liegt. Der kleine
Drache kratzt sich hinterm Ohr und
sagt: »Ich habe eine Idee.«
Und dann flüstert er den
anderen zu, wie sie den Spitz-
mauldrachen überlisten können.
Kurz darauf schleicht Friederich
hinüber zu seinem Zauberstab, den
Ziegenbart so achtlos fortgeworfen hat.
Er nimmt ihn an sich, fasst sich ein Herz
und geht auf den Spitzmauldrachen zu.

Birnenzauber

»Hilfe!«, schreit Ziegenbart, als der Spitzmauldrache ihn an den Füßen packt und in die Höhe
hebt.

Da bemerkt der Drache einen Jungen mit spitzem
Hut, der plötzlich vor ihm steht. »Wer bist du
denn?«

»Friederich Fidibus, Zauberschüler im vierten
Magiemester.«

»Aber dich«, ruft Ziegenbart, der an der Klaue
des Spitzmauldrachen baumelt, »habe ich doch
in eine Birne verwandelt!«

»Da staunst du!«, sagt Friederich. »Und nun bin
ich gekommen, um dich zu retten.«

»Mich retten? Wie willst du das denn anstellen?
Der ist zauberfest!«

»Genau, ich bin zauberfest!«, sagt der Spitzmauldrache. »Ich werde diese ziegenbärtige Bohnenstange gleich auffressen, da kannst du gar nichts
machen.«

»Bohnenstange?«, ruft Ziegenbart. »Sag das noch mal, du Vogel!«

»Nenn mich nicht Vogel, du Gurke!«, sagt der Spitzmauldrache, wirft Ziegenbart hoch in die Luft und sperrt sein Maul weit auf, um den Zauberer zu verschlingen.

Im selben Moment schwingt Friederich seinen Zauberstab und murmelt:

»Dicker Bauch und dünne Stirne,
fortan bist du eine Birne!«

Noch bevor Ziegenbart im Maul des Drachen landet, wird er zu einer Birne. Als der Spitzmaul das sieht, klappt er schnell sein Maul zu – auf keinen Fall will er eine Birne fressen! So fällt Ziegenbart, besser gesagt: die Birne, ins weiche Sumpfgras.

Mit funkelnden Augen wendet sich der Spitzmauldrache dem Zauberschüler zu: »Für diesen Birnenzauber werde ich dich fressen, du unverschämter Lausebub, du!«

Doch kaum hat der Drache die Worte ausge-
sprochen, wird auch Friederich in eine Birne verwandelt. Ungläubig blickt der Spitzmaul auf die
beiden Birnen im Sumpfgras.
Nur wenige Schritte entfernt schwingt Oskar
Friederichs Ersatzzauberstab und sagt fröhlich:
»Das hat geklappt!«
Der Spitzmauldrache hält seine Nase in die Luft
und schnüffelt. Langsam wendet er den Kopf,
genau in Richtung des Verstecks.

»Er kommt hierher«, raunt Kokosnuss.

»Auweia!«, flüstert Matilda.

»Oskar«, flüstert Kokosnuss aufgeregt. »Kannst du Matilda und mich auch in Birnen verzaubern?«

»Kein Problem!«, sagt Oskar und hält den Zauberstab und den Zettel mit dem Zauberspruch hoch.

»Aber nur, wenn du versprichst, uns nicht aufzuessen!«, sagt Matilda.

»Gebongt«, sagt Oskar.

»Und lass dich nicht von dem Spitzmaul fressen!«, sagt Kokosnuss.

»Spitzmauldrachen fressen doch keine Fressdrachen!«, sagt Oskar.

Er schwingt den Zauberstab, liest zweimal den Birnenspruch und – Blitz! – sind aus Kokosnuss und Matilda zwei Birnen geworden, eine mit einer Kappe und eine mit kleinen Stacheln. Vorsichtig legt Oskar die beiden Birnen in den Picknickkorb.

»Was machst du denn da?«, hört er plötzlich eine bedrohliche Stimme. – Der Spitzmauldrache hat das Versteck entdeckt!

»Ich, öh, ich sammle Birnen«, sagt Oskar.

»Hier in den Sümpfen?«

»Tja, ich weiß auch nicht. Mein Papa hat gesagt, hier gibt es die besten Birnen der Insel.«

»Soso«, brummt der Spitzmauldrache.

»Ja, und dann hat er noch gesagt, dass die Sumpfbirnen gut zu Ochsenbraten passen.«

Der Spitzmauldrache spitzt die Ohren. »Ochsenbraten?«

»Meine Mama macht den besten Ochsenbraten der Welt! Mit Birnen.«

»Und … und kann man den Ochsenbraten auch ohne Birnen essen?«

»Klar«, sagt Oskar. »Mein Papa lässt die Birnen immer weg.«

»Aber dein Papa hat doch gesagt, Birnen passen gut zum Braten.«

»Das schon, aber mein Papa isst die doch nicht!«

»Hm, verstehe ich«, brummt der Spitzmauldrache. »Dein Papa scheint in Ordnung zu sein. Hmja, da hinten liegen noch zwei Birnen, eine trägt einen Rucksack.«

»Das macht nichts«, sagt Oskar. »Die nehme ich beide mit, auch den Rucksack, man kann nie wissen.«

»Öh, da sind auch noch zwei Stäbchen. Die gehören den Birnen.«

»Die kannst du einfach mit in den Korb tun. Vielleicht kann man die mal gebrauchen«, sagt Oskar. »Wenn du möchtest, komm doch mit zu mir nach Hause. Heute gibt es Ochsenbraten.«

»Tja, öh«, murmelt der Spitzmauldrache verlegen. »Wenn es keine Umstände macht.«

»Mein Papa freut sich immer, wenn er nicht alleine essen muss. Weißt du, meine Mama isst nicht so viel, und ich bin Vegetarier.«

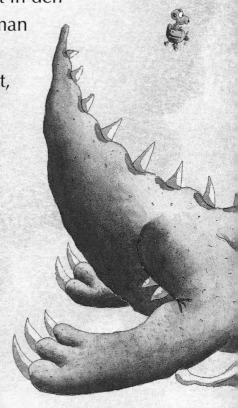

»D-du bist Vegetarier?!«

»Ich habe eine Allergie gegen Fleisch«, sagt
Oskar. »Da kann man nichts machen.«

»Na dann«, brummt der Spitzmauldrache, und
weil er großen Hunger hat und es zu den
Fressdrachenbergen recht weit ist, setzt
er Oskar samt Picknickkorb auf
seinen Rücken und legt den
Weg im Flug zurück.

Ochsenbraten

Oskars Eltern staunen nicht schlecht, als ihr
Sohn auf einem Spitzmauldrachen dahergeflogen
kommt.
»Mama, Papa!«, ruft Oskar. »Ich habe einen Gast
zum Essen mitgebracht! Er liebt Ochsenbraten!«

Neugierig betrachten die Fressdrachen den Spitzmaul. Die Geschichten über Spitzmauldrachen
kennt jeder auf der Dracheninsel. Jetzt steht einer
leibhaftig vor ihnen. Er ist zwar kleiner als sie
selbst, doch soll er über geheimnisvolle Fähig-
keiten verfügen.

»Öhm, herzlich willkommen«, sagt Oskars Vater
Herbert.

»Zufällig gibt es heute Ochsenbraten«, sagt
Oskars Mutter Adele.

»Und wir haben die Birnen dafür mitgebracht!«,
sagt der Spitzmauldrache und zeigt auf Oskars
Picknickkorb.

»Birnen?«, fragen Herbert und Adele gleichzeitig.

»Oh!«, sagt Oskar. »Da fällt mir ein – ich bin mit
Kokosnuss und Matilda verabredet. Ehm, tut mir
leid, Herr Spitzmaul, ich muss los. Guten
Appetit!«

»Aber die Birnen!«, sagt der Spitzmauldrache,
doch Oskar ist schon mit dem Picknickkorb um
die Ecke verschwunden.

»Kommen Sie, Herr Spitzmaul«, sagt Herbert.

»Unser Ochsenbraten schmeckt auch ohne Birnen. Aber wenn Sie gerne Birnen essen, dann rufe ich Oskar zurück und wir machen ihnen einen schönen Birnensalat!«

»Och, das ist gar nicht nötig«, sagt der Spitzmauldrache. »Die Birnen sind gar nicht so wichtig«

Oskar klettert mit dem Korb in das Baumhaus, das er mit Matilda und Kokosnuss in den letzten Ferien gebaut hat.

Vorsichtig stellt er die vier Birnen auf den Tisch, holt einen der Zauberstäbe hervor und spricht dreimal hintereinander:

»Birne eine du bist fortan,
Stirne dünne und Bauch dicker!«

Kokosnuss, Matilda und Friederich verwandeln sich in ihre ursprünglichen Gestalten zurück. Eine Birne aber lässt Oskar so wie sie ist: Auf ihrem Stiel sitzt ein spitzer, schwarzer Hut.
»Puh!«, sagt Matilda. »Bin ich froh, dass ich nicht als Birne auf die Welt gekommen bin!«
»Danke, Oskar!«, sagt Kokosnuss, der sehr erleichtert ist, dass er keine Birne mehr ist.
»Du hast wirklich das Zeug zu einem Zauberer«, sagt Friederich.
»Ich bin aber lieber ein Fressdrache«, sagt Oskar. »So viele Sprüche könnte ich niemals auswendig lernen!«
Da bemerken sie, dass die verbliebene Birne ein kleinwenig hin- und her wackelt.

»Aha«, sagt Kokosnuss. »Herr Ziegenbart möchte
auch wieder zurückverwandelt werden.«
Friederich aber zieht seinen Flugteppich aus dem
Rucksack, legt die Ziegenbart-Birne darauf und
sagt: »Der bleibt jetzt erst einmal eine Birne.
Mal sehen, was der Magische Rat meint!«

Der Zauberschüler murmelt »Runkelrübe,
Suppengrün, Apfelmus und Mandarin!«,
schwingt den Stab und spricht:

»Teppich, nun fliege!
Bring mich nach Haus!
Ob Wahrheit, ob Lüge,
die Geschichte ist aus!«

Foto: privat

Ingo Siegner, 1965 geboren, wuchs in Großburgwedel auf. Schon als Kind erfand er gerne Geschichten. Später brachte er sich das Zeichnen bei. Mit seinen Büchern vom kleinen Drachen Kokosnuss, die in viele Sprachen übersetzt sind, eroberte er auf Anhieb die Herzen der jungen LeserInnen. Ingo Siegner lebt als Autor und Illustrator in Hannover.

Alle Kokosnuss-Abenteuer auf einen Blick: